谁要和我一起吃饭

［韩］申淳哉／著 ［韩］李允美／绘 杨梦黎／译

GUANGXI NORMAL UNIVERSITY PRESS
广西师范大学出版社
·桂林·

谁要和我一起吃饭
Shei Yao He Wo Yiqi Chi Fan

出版统筹：伍丽云
质量总监：孙才真
责任编辑：方 婧
责任美编：邓 莉
责任技编：马其键

图书在版编目（CIP）数据

谁要和我一起吃饭 /（韩）申淳哉著；（韩）李允美绘；杨梦黎译. -- 桂林：广西师范大学出版社，2024.4
（魔法象. 故事森林）
ISBN 978-7-5598-6741-4

I. ①谁… II. ①申… ②李… ③杨… III. ①儿童故事－图画故事－韩国－现代 IV. ①I312.685

中国国家版本馆 CIP 数据核字（2024）第 038214 号

广西师范大学出版社出版发行
（广西桂林市五里店路 9 号 邮政编码：541004
网址：http://www.bbtpress.com）
出版人：黄轩庄
全国新华书店经销
北京盛通印刷股份有限公司印刷
（北京经济技术开发区经海三路 18 号 邮政编码：100176）
开本：880 mm × 1 240 mm 1/32
印张：2.25 字数：19 千
2024 年 4 月第 1 版 2024 年 4 月第 1 次印刷
定价：28. 80 元

|总序|

和孩子一起，读出明亮的未来

周其星 / 课程设计师、百班千人读写计划总导师

身为一名儿童阅读指导教师，身为一个四处奔走推广儿童阅读的点灯人，我时常会被各地的家长问及有关阅读的话题。其中，家有小学一二年级孩子的家长，苦恼似乎格外多。当孩子在幼儿阶段时，家长只要带着他们一起读图画书就好了，这一点，现在家长们已经达成共识。可是，进入小学以后呢？孩子开始认识一些字了，做家长的这时是不是该放手让孩子自己去读？如果还是由家长读给孩子听，那么孩子会不会形成依赖，再也无法养成自主读书的习惯了呢？

有着类似焦虑的家长还真不少，一方面，他们觉得孩子识字了，需要去独立阅读了；

另一方面，又发现孩子习惯了亲子共读，不乐意自己一个人看书，阅读兴趣好像总是提不起来。

每每遇到这样的家长，我总会这样建议：继续陪孩子往前走一程吧！趁他们现在还小，还愿意和你一起读书，那么陪他们一起去读读那些优秀的桥梁书吧。不妨勇敢地、大声地朗读——这是最好的读书生活。如果在学校里老师没有营造出读书的氛围，那么做家长的更要通过共读来实现教育自救。不妨邀约几个小伙伴，建立一个微信朗读群，大家一起相互鼓励，坚持每天朗读，读出文学的韵味，读出明亮的未来。因为，我们班就是这样做的，孩子、家长、老师总动员，班级微信群里总是书声琅琅。我身边很多朋友受到启发，也开始尝试，坚持了一段时间后，他们都给了我很好的反馈，我很欣慰。

带着孩子和小伙伴一起读书，一定要选

择合适的共读书。找对了书，就找到了通往阅读的正确途径。桥梁书中，优秀的作品其实不少，例如“青蛙和蟾蜍”系列、“晴天下猪”系列、“我爱阅读”系列，等等。现在你手中的这套“大声读”系列桥梁书也一样精彩，用心地为孩子架起了一座由亲子共读过渡到独立阅读的桥梁，开辟了一条由图画书阅读过渡到纯文字阅读的路径。一个个生动、有趣的短小故事，适合大声朗读，而且童趣十足的图画与轻松浅显的文字相映成趣，引领孩子在认知敏感期享受阅读儿童文学的乐趣，树立阅读自信，实现独立阅读。

“大声读”系列第一辑包含《讨厌生气》《长颈鹿先生，请上车！》《我真正的愿望》《捣蛋鬼豆儿》四本书。其中，《讨厌生气》主要讲了与害羞鬼丹丹相关的四个小故事。大人们通常希望自己的孩子是积极进取的，而丹丹是一个平凡内向的小孩，但她通过自己的方式解决了每一次遭遇的问题。

《长颈鹿先生，请上车！》是一本充满人文关怀，值得细细品读的书。通过帮助长颈鹿先生的猪小弟与冷漠的其他动物的对比，作者似乎想要告诉我们：大家应该主动去帮助需要帮助的人，让人与人之间的关系更融洽。不能成为沉默的大多数，从而滋生出德国思想家汉娜·阿伦特笔下的“平庸的恶”。我们要做猪小弟这样的热心人，去关注那些需要帮助的人，赠人玫瑰，手有余香。

《我真正的愿望》讲述了宪浩实现愿望的故事，跌宕起伏，意味深长，告诉我们：要学会正视愿望和理想，愿望不是欲望，理想不是妄想，要切合实际，而且比愿望和理想更重要的是为实现它们而付出的努力。

《捣蛋鬼豆儿》是一本特殊的日记体小说，采用日记体的形式将儿童天真、活泼的特点淋漓尽致地表现了出来，以小女孩的视角记录了同龄男孩的生活日常——种种捣蛋行为。全书由多个有趣的小故事组成，笔触细腻入微，有益于培养孩子的观察能力和善良的心地，让孩子学会发现别人身上的美好品质。小女孩发现，在大家眼里的“问题学生”豆儿，其实是一个善于观察、聪明有趣的“昆虫学家”。全书记录了孩子们成长过程中的快乐与失落、反抗与勇敢，充满着童真和幽默感。这本书也为老师和家长如何面对所谓的“捣蛋鬼”和“问题学生”，提供了一种新的视角，告诉大人们不能轻易通过表面现象就给孩子贴标签，大人们需要学会真正关心和了解孩子，学会了解和尊重孩子的兴趣，并且注意培养孩子的创造力、动手能力。

格雷厄姆·格林曾经说过，所有的童年书，都是最好的预言书。在孩子文学启蒙之初，以大声朗读的方式，阅读那些贴近孩子生命成长的童书，让童年在文学中滋养，在故事里萌发，在声音里绽放，这是我们给予童年的最好的礼物，也是我们给予孩子的应有的礼遇。

来吧，亲爱的朋友们，让我们捧起书来，和孩子一起，读出明亮灿烂的未来。

目录

谁要和我一起吃饭？

“谁要和我一起去踢球？”

童在鹤大喊着，那声音大得似乎要把教室震翻。

“我！我！”

林珠荣噌一下站起来。

丹丹抬起勺子，正准备把饭送入嘴巴里，闻言目瞪口呆地看着他们俩。午饭时间才刚开始不久，他们居然这么快就吃完饭了？

“你们俩吃完了吗？”老师问出了丹丹最好奇的事情。

童在鹤和林珠荣把吃得一干二净的餐盘举起来，给老师看。

“有没有细嚼慢咽呢？”

老师话音刚落，童在鹤就噌地跳起来，说：“吃得快才能早点儿玩嘛。”

老师一副拿童在鹤无可奈何的表情。

丹丹吃着饭，眼睛忍不住瞟向运动场，看到玩得十分开心的童在鹤，她有点儿羡慕。

回过头，看到自己碗里剩得满满当当的饭，丹丹叹了一口气。

“谁想玩‘动物医院’的游戏?”这次传来了孔智媛的喊声。

“我！我！”郑敏智一边狼吞虎咽，一边回答。

吃完饭的几个孩子也一起跑到教室后面去了。

“丹丹，一起来玩吧。”金河敬招呼丹丹过去。

丹丹当然也想去玩，想得抓心挠肝。但她不能过去，因为碗里还剩很多饭。

丹丹急巴巴地将饭送进嘴里，这时孔智媛的声音传入她耳中:“哪里不舒服?”

“这条腿疼。”

孔智媛就用圆珠笔在金河敬腿上打了

一“针”。

丹丹看着她们的目光里充满羡慕。

“哪里不舒服？”

“胳肢窝。”

孔智媛拿起圆珠笔，又往郑敏智腋下扎了一“针”。郑敏智痒得在地上直打滚，大家笑着闹成一团。

丹丹也跟着嘿嘿直笑，一不留神，饭从嘴里掉了下来，吓得她赶紧闭上嘴巴。

嚼啊嚼，嚼啊，嚼啊，丹丹终于吃完饭了。

不过，丹丹还是没能玩上打针游戏。她吃完的时候，动物医院正好“关门”了，午饭时间也结束了。

回到家里，丹丹坐在饭桌前，一脸的不高兴。

妈妈问："为什么不吃呀？"

丹丹不高兴地板着小脸。

爸爸见状，说："这可是丹丹喜欢的鸡蛋卷呢！"

丹丹还是不开心，她看着烤得焦黄诱人的鸡蛋卷，喃喃自语："鸡蛋卷又怎样？我还不是最后一个吃完的。"

"啊？你说什么？"爸爸一边往嘴里送了一大口饭，一边问道。

丹丹出神地盯着爸爸吃东西的样子：吧唧吧唧嚼几口，吞下去。吧唧吧唧嚼几口，吞下去。

那么大的一碗饭，眨眼间就被爸爸吃光了。

丹丹眼睛瞪得圆圆的，惊奇地问道：“哇，爸爸怎么能吃得那么快？”

“很好吃，所以就吃得快啊。”爸爸回答着。

丹丹歪着脑袋想了想。她不太认同爸爸的话。如果爸爸说的是真的，那么她应该吃得很快才对，因为学校里吃到的饭菜真的很好吃。

可是，东西再怎么好吃，她的速度还是快不起来。

这时妈妈笑着说：“因为爸爸长了一张大嘴，所以能吃这么快。”

爸爸的嘴巴就像河马的嘴巴一样大，连大大的包子也能一口吃进去。

丹丹这次也歪了一下脑袋，不同意妈妈的话。

丹丹长得像爸爸，也有一张像河马那么大的嘴巴，但她吃饭的速度可比不上金河敬。要知道，金河敬的嘴巴就像兔子的那样小呢。

“我也好想玩呀。”丹丹不由得叹了一口气。

“妈妈先从不想吃的菜开始吃吧。”妈妈说，语气中带着些不自信。

这样看来，妈妈也没有信心吃得像爸爸那样快。

丹丹扫了一眼餐桌上的菜。

鸡蛋卷、小萝卜泡菜、牛蒡泡菜，还有凉拌菠菜。哎哟，没有妈妈讨厌的菜。

妈妈先是选了她没那么喜欢的凉拌菠菜。

只见妈妈嚼一口，再嚼一口。妈妈的全部注意力都放在咀嚼菠菜上。

即使没有爸爸那么快，妈妈也是嚼几次就一下子把菜咽进了喉咙。

妈妈吃完菠菜之后，剩下的菜也都咕噜咕噜地吞下去了。妈妈吃得比平时快了很多。

丹丹拍了拍手，说："明天一定要吃快点儿，早点儿去玩。"

炖豆腐、凉拌南瓜、泡菜、海带汤、炒鱿鱼。

丹丹用目光将菜碟扫了一遍又一遍。

它们看起来都很美味。丹丹难以决定先吃什么。

不过，她很快就在心里排好了顺序。

海带汤、炒鱿鱼、凉拌南瓜、泡菜、炖豆腐。

海带汤排在第一个。

汤好喝当然是原因之一，不过最主要的还是因为海带滑溜溜的，方便吞下去。

接下来，只要按顺序吃就行了。今天应该可以好好玩了吧？

丹丹满怀期待地开始喝海带汤。

1
2
4
3
5

海带汤喝光了。下一道菜是炒鱿鱼，按照这样的速度，应该马上就能吃完了。

丹丹刚夹起炒鱿鱼，童在鹤的声音传入她耳中。

“谁要和我一起踢足球？”

丹丹迅速把炒鱿鱼放入嘴里。

“我！”林珠荣噌地站起来喊道。

丹丹嚼了嚼炒鱿鱼，吧唧吧唧，吧唧吧唧……

“谁想玩‘动物医院’的游戏？”

这次大喊的是郑敏智。

“我！我！”

金敏京跟着跑出去了。

怎么回事？炒鱿鱼光在丹丹嘴里转

悠，就是吞不进喉咙里。

丹丹变得焦躁起来。

她担心到午饭时间结束的时候，她还是咽不下去。

“谁想玩抓石子儿?”孔智媛大喊。

“谁想玩拍画片?”李钟雨吆喝着。

“谁想捉迷藏?”韩贤洙也不甘示弱地叫道。

就在这时，有人大声喊起来：“谁要和我一起吃饭?”

话音一落，分散在各处玩耍的同学们

交头接耳："这是什么游戏啊？"

大家都探头寻找声音的来源。

只见丹丹眼睛瞪得大大的，像是一只受到惊吓的兔子，呆呆愣在那里。看来她也被自己不知不觉喊出来的声音吓到了。

正在这个时候，有个人大声回答道：“我！我！”

丹丹吓了一大跳，抬头看了看，发现老师拿着餐盘站在她跟前。

“一个人吃饭，有点儿无聊呢。”老师看着丹丹，微微一笑。直到这个时候，丹丹才放松地露出笑容。

丹丹和老师并排坐着吃饭。孩子们围成一团，好奇地盯着。不知道怎么回事，童在鹤也紧紧扒着桌边，没有出去踢球。

大家齐刷刷地看着，丹丹快要不知道怎么吃饭了。

老师冲丹丹使了个眼色，然后轻轻闭上眼睛，慢条斯理地吃了起来。

丹丹也笑着把炒鱿鱼放在饭上，用勺子送入口中，闭上眼睛细嚼慢咽。

咸津津的炒鱿鱼真美味。为什么刚才没察觉到有这么好吃呢?

咕噜——

刚才怎么都吞不下去的炒鱿鱼，现在很顺利地咽下去了。

丹丹心里乐开了花。

可以说声“你好”吗？

“你好！一次！”孔智媛一见到丹丹就马上大喊起来。

丹丹一脸迷糊。孔智媛又咯咯笑着跑向金河敬。

“金河敬，你好！两次！”

金河敬也像丹丹一样，一时间搞不清楚状况。她们俩追上去，抓住了大笑着飞奔的孔智媛。

“你在干什么？”

“这是怎么了？”

丹丹和金河敬几乎同一时间开口问道。

孔智媛依然咯咯笑着，答道：“我在数‘你好’呢。‘你好’一次，‘你好’两次！啊，郑敏智！”

孔智媛飞快地跑向郑敏智，大声喊道：“你好！三次！”

孔智媛对童在鹤和金敏京也说了“你好”。

“童在鹤，你好！四次！金敏京，你好！五次！”

“孔智媛好搞笑！”金河敬看着孔智媛笑了。

“我也这么觉得!”丹丹也跟着笑了。

数“你好”的次数，孔智媛是怎么想到这个好点子的呢?

丹丹看着满教室飞奔的孔智媛，心想:“我也要试试!”

在回家的路上，丹丹看到了楼下的阿姨。阿姨和另一位阿姨聊着天，迎面走了过来。

丹丹故意把脚步放得很慢。现在只要阿姨看向丹丹，丹丹就也能像孔智媛一样数“你好”了。

但是阿姨只顾着和同伴说话，根本没有看过来。要不要跟她打招呼?丹丹犹豫着，嘴唇一抖一抖的。

“如果阿姨批评我插话怎么办?”想到这里，丹丹的小心脏咯噔咯噔直跳。

正当她犹豫不决的时候，楼下阿姨一下子就从丹丹身边走过去了。

“嗯，嗯?”

丹丹转身看着楼下阿姨的后脑勺。

“‘你好’，第一次，失败。”

丹丹有点儿失望，有气无力地走着，突然看到幼儿园的朋友金正元在马路对面。

丹丹用力挥动着双臂。

不过，估计是离得太远了，金正元没看到她。

丹丹心想，用力大喊的话，说不定他能看见自己。但是大街上人这么多，叫得太大声的话，大家都会盯过来吧？估计连走到丹丹前面的人都会回头看过来。

丹丹最终没有叫金正元，而是拼命地跑起来。

当她气喘吁吁地跑到马路对面时，跆拳道馆的班车恰好到了。

金正元坐上了班车，然后车就离开了。

好可惜，时间就差那么一点点儿，不然丹丹就能见上金正元了。

真可惜，这一次又没能说“你好”。

“哎，这一次的‘你好’，又失败了。”

丹丹喘着粗气。

看来，说一次“你好”并没想象中那么容易。

嗨哟哟跆拳道

丹丹无精打采地拖着身子向家里走去。

坐电梯时，有人急急忙忙跑过来抓住电梯门。丹丹一眼就认出了来人。

那是一个高中生姐姐，丹丹去跆拳道馆学跆拳道时见过她。那家跆拳道馆，丹丹只去了5次就没再去了，所以不太认识其他的学员。但这个大姐姐她是知道的，因为大姐姐是跆拳道馆里的“大师姐”。

丹丹的目光和大姐姐相遇了。大姐姐一直盯着丹丹，盯得她的心像小兔一般蹦个不停。

丹丹在犹豫要不要打个招呼。“你好”这两个字已经到了嘴边，但就是说不出口。

“姐姐会记得我吗？”丹丹心想。

她认识大姐姐，但大姐姐可能不记得她。如果一个不认识的人突然打招呼的话，会不会让人觉得尴尬呢？丹丹心里一直在纠结，怎么也张不开嘴。

“你为什么不来跆拳道馆了？”大姐姐突然问丹丹。

“啊？”

“放假的话一定要来哟！”

姐姐在6楼下了电梯。

丹丹的“数你好”计划再次泡汤了。

“‘你好’，又一次，失败。”

孔智媛今天在学校数了33次“你好”。

班上有29个孩子，再加上班主任，她一共打了30次招呼。另外，她跟音乐老师和校长也说了“你好”，又多了两次。

孔智媛在操场上向校长打招呼，那声音非常响亮。她的嗓门真的很大，校长理所当然地回应了她。

剩下的一次“你好”，她是对来教室跑腿的四年级姐姐说的。丹丹问孔智媛认不认识那个姐姐，得到的回答是不认识。看来就算是和初次见面的人打招呼，孔智媛也一点儿都不怯场。

数“你好”这件事情，似乎只有丹丹一个人觉得很难。

“今天我要数100次，100次！”

一大早，孔智媛的豪言壮语就响彻了

整个教室。瞧她那气势，似乎要跟其他班的老师、同学全部打一遍招呼。

金河敬哈哈大笑，直呼孔智媛搞笑。但丹丹不想附和她，气呼呼地说：“哪里搞笑啊！一点儿都没意思。”

金河敬和孔智媛诧异地看着丹丹。

丹丹和孔智媛从教室出来时，看到了来帮忙分发伙食的姜瑞妍妈妈。

丹丹正想鞠躬打招呼的瞬间，孔智媛飞快地跑过去大声打了招呼：“你好！”

“你好。智媛总是主动打招呼，真是个好孩子。”

姜瑞妍妈妈温柔地摸了一摸孔智媛的头。丹丹就站在旁边，可瑞妍妈妈看都没看她一眼。丹丹感觉自己瞬间就成了不懂礼貌的孩子，心里又难过又郁闷。

“丹丹，我们去操场数‘你好’吧！”独占了表扬的孔智媛嘻嘻笑着说。

“不去！你自己去吧！”丹丹冷冷地回答，随后走进了教室。

直到放学回家，孔智媛和丹丹都没有再说话，甚至连看都不看对方一眼。

晚上去超市的时候，丹丹和孔智媛迎面相遇了。

孔智媛明明看到了丹丹，却装作没看见的样子。丹丹一开始也是这样，不过她的眼睛总是不由自主地往孔智媛那边瞟。

在超市里，孔智媛没有数“你好”。

“看吧，100次‘你好’太多了吧！”丹丹认为孔智媛已经放弃了，不过转念一想，又觉得可能是她已经说满100次了。她很好奇到底哪一种猜想是对的，但是两人吵了架，她想问也问不出口。

丹丹只是无言地又瞥了一眼孔智媛。孔智媛的眼睛也不时瞟向丹丹。

智媛妈妈催她快点儿回家。

可孔智媛磨磨蹭蹭的，似乎不舍得离开。

“回家了！”孔智媛妈妈提高了音量。孔智媛看了一眼丹丹，跟着妈妈走了。

正当孔智媛快要走出超市大门的时候，丹丹急匆匆地大喊：“喂，孔智媛！”

虽然她的嗓门没有孔智媛那么大，但是也已经非常响亮了。

大家的视线纷纷投向丹丹。

孔智媛也回过头来看着她。

丹丹深吸了一口气，大声说：“你好，孔智媛！再见！”

孔智媛朝着丹丹大力挥舞着双臂。

丹丹笑弯了眼睛，开心地说：“你好！一次！”

牛奶
牛奶
牛奶
牛奶
牛奶
牛奶

你真的不会害怕吗？

“妈呀！”

金河敬突然大叫一声，瘫坐在地上。

丹丹和孔智媛像一阵风似的跑了过去。

只见金河敬把脸埋进膝盖，呜呜地哭着。

一旁的童在鹤手里捏着一个东西来回挥舞。

“扭扭怪来啦！”

童在鹤用力把手上的东西扔向丹丹和孔智媛。

“啊，蚯蚓！”

丹丹也瘫坐在金河敬旁边，把头埋进膝盖里。

孔智媛可不一样。她把掉在地上的蚯蚓捡起来，追向童在鹤：“喂，童在鹤！”

童在鹤拿出了吃奶的力气，拼命逃跑。孔智媛穷追不舍。

他们在运动场跑了足足两大圈，“追击战”才结束。

童在鹤被孔智媛抓住，向金河敬和丹丹道了歉。

他气喘吁吁地回到教室，大声嚷嚷：“孔智媛！这家伙简直就是个怪物！”

童在鹤走掉之后，孔智媛还把蚯蚓放在手背上玩了很久。

“啊啊，把它拿走，我害怕。”

直到听见金河敬哽咽着恳求的声音，孔智媛才放走蚯蚓，嘴里还说：“这有什么好害怕的呀！”

孔智媛的嗓门大得就像老师在训话一样。站在金河敬旁边的丹丹也有一种跟着挨训的感觉。

丹丹觉得委屈，猛地抬起头，不服气地说：“喂！你就没有害怕的东西吗？”

话音刚落，孔智媛就回道：“没错，我什么都不害怕！”

丹丹有点儿输了气势，随即挺起胸膛，大声顶回去：“哪里有这样的人啊！”

“就在这里！”

孔智媛的语气无比坚定。

丹丹有点儿慌神了，用求助的眼神看着金河敬。如果这时金河敬能帮着她说句话就好了。

“哇，真羡慕。”金河敬的话让丹丹一下子泄了气。丹丹噘着小嘴，什么话也没说，不过心里还是很羡慕孔智媛。

孔智媛看着丹丹，哈哈大笑，好像什么都知道似的。丹丹假装在看别的地方，眼睛却偷偷瞥向孔智媛。

“什么？难道你真没有害怕的东西吗？”丹丹左思右想，还是无法相信孔智媛的话。

谁都有害怕的东西，不是吗？

金河敌害怕小狗。有一次她看到孔智媛养的小狗，说它很可怕，为此，孔智媛

差点儿和她打起来。

郑敏智害怕蜘蛛。在参加户外实践活动时，她看到了一只蜘蛛，结果一路哭着回家。

丹丹爸爸自从上次打完屁股针之后，就特别害怕护士姐姐。

丹丹妈妈在这个世界上最害怕的东西

是蛇。有一次，她看到掉在地上的树枝，以为是蛇，吓得摔了个屁股蹲儿。

要说到丹丹害怕的东西，那可真不少。她害怕蜜蜂，害怕蚂蚁，害怕狗，害怕打针，害怕蛇，还害怕23楼的奶奶……

其中她最害怕的是……这是秘密。她没有告诉过任何人。

总之，大家都有害怕的东西，孔智媛也至少会有一个吧？说不定她只是不想让人知道，所以瞒得死死的。

丹丹一边吃着课间餐，一边直瞪瞪地盯着孔智媛。

突然，响起了一声尖叫：“啊！——”

不知从哪里冒出了一只青蛙——可能是教室里养的蝌蚪变成青蛙，跳了出来。

丹丹慌忙爬到椅子上，全身僵硬，像一个大冰块一样。

青蛙每蹦一下，同学们就尖叫连连。就连老师也不知所措，只是原地跺脚。

“交给我吧！”爬到桌子上的童在鹤嘴里说着大话，但并没有半点儿从桌子上下去的意思。

就在这时，孔智媛飞快地扑过去，猛地抓住了青蛙。

“好可爱呀！”孔智媛说着，轻轻地摸着青蛙。

童在鹤大为震惊，咂舌道：“孔智媛，你这个怪物！”

丹丹也不由自主地点了点头，心想：

“看来孔智媛真的没有害怕的东西。”

傍晚，丹丹吃完了饭，孔智媛突然来到丹丹家。她那上中学的姐姐也跟着一起来了。

丹丹还没搞清楚状况，妈妈就迎了上去，笑吟吟地对智媛姐姐说：“姐姐把智媛送过来了呢。”

“我们今晚晚点儿睡吧。”孔智媛紧紧贴在丹丹身边，满脸兴奋。

丹丹这时才想起来，之前和孔智媛约好今天在自己家睡觉。

为什么偏偏是今天呢？丹丹怏怏不乐，孔智媛却高兴得直蹦。就算和爸爸妈妈分开，孔智媛好像也一点儿都不害怕。

丹丹噘着嘴看着孔智媛。

智媛的姐姐正准备离开的时候，突然转过身来说：“小心有鬼哟，孔智媛。”

孔智媛不服输地扮了个鬼脸。

姐姐不甘示弱，接着说：“听说有一个鬼，专门抓到别人家睡觉的孩子！”

姐姐的声音有点儿阴森森的，吓得丹丹赶紧靠到妈妈身旁。

“它就待在洗手间里。”姐姐把脸贴近孔智媛说。

孔智媛一瞬间好像有点儿慌张。

不过，她马上定了定神，大声说：“哪、哪有那样的鬼！”

真不愧是天不怕地不怕的孔智媛。

但是，姐姐用更洪亮的声音回应道：“就在这里！”

孔智媛什么话也没说，只是咽了咽口水。

丹丹也不由得咽了一下口水。

“睡觉前一定要去洗手间。半夜去的话……”姐姐用阴森森的口吻说完这番话后，转身离开了。

孔智媛呆呆站在那里，门关上以后才反应过来，冲着门做了个鬼脸。

“丹丹，丹丹。”

半夜，丹丹被一阵呼唤的声音吵醒了。

床边站着的孔智媛跺着双脚。大半夜的，她这是干什么呢？

丹丹睁着惺忪的双眼，看着孔智媛。

孔智媛双腿不停地搓动着，嘴里说：“忍、忍不住了。”

丹丹不知道是什么意思，坐起身来揉了揉眼睛。孔智媛拽住丹丹的胳膊：“一起去吧，快点儿。”

三更半夜的，要去哪里？丹丹丈二和尚摸不着头脑，茫然地看着孔智媛。孔智媛用颤抖的声音勉强说了出来：“洗手间。”

丹丹怀疑自己的耳朵听错了。

天不怕地不怕的孔智媛竟然说要一起去洗手间？

孔智媛支支吾吾地说：“鬼……鬼出来的话怎么办？”

“什么？”

看到不知所措的孔智媛，丹丹感觉自己快要笑出来了。

是谁在夸夸其谈，说自己啥都不害怕！

“好害怕。”孔智媛好像马上就要哭出来的样子。

看到孔智媛被吓成这副模样，丹丹的笑声就快溢出嘴角了，还是憋回了肚子里。

丹丹握住了孔智媛的手，说：“咱们走吧。”

两个人一起去了洗手间。

孔智媛正打算打开洗手间的灯，却被丹丹急急忙忙制止。只见丹丹没有开卫生间的灯，而是转身打开了客厅的灯。四周

一下子变得亮堂堂的，丹丹觉得很刺眼，微微眯起了眼睛。

“你在干什么？”孔智媛也半眯着眼睛，问道。

丹丹招手示意她快点儿进洗手间。孔智媛急忙跑了进去。

嘘——

孔智媛坐在马桶上的时候，丹丹就在旁边等着。

孔智媛的表情开始放松下来。

见状，丹丹说：“你知道吗……”

她的声音放得很低，就像在诉说只有自己知道的秘密一样：“半夜可不要开卫生间的灯。”

“什么?”丹丹的声音太小了，孔智媛没听清。

丹丹放大了音量，说：“不要开卫生间的灯。”

孔智媛不解：“为什么？黑漆漆的话不是很可怕吗?”

丹丹一副“就知道你会这样问”的表情，看着孔智媛的眼睛说：“黑漆漆的，很可怕吧?”

孔智媛无声地点了点头。

丹丹紧紧挨着孔智媛，生怕别人听见似的，低声说：“像这样黑漆漆的，鬼也会害怕的。”

接着丹丹自信地挺了挺胸，说：“所

以他不敢进厕所。”

孔智媛一时间不知道该做何反应，眼睛一眨一眨的。

丹丹用“绝对没错”的表情又说了一遍：“所以晚上尿尿的时候一定要关上卫生间的灯！知道了吧！”